虛構一個世界，是怎麼一回事？

「作品的時間」是什麼？創造了什麼？

何時是「作品啟動的真正時間」？

什麼是「寫作者的永恆」？

#作品的時間
#書寫
#回憶
#普魯斯特
#自我的作品化
#虛構
#缺席

圖片提供／楊凱麟

與真實經驗斷開，

才啟動「文學時刻」。

寫作不是回憶，而是懸宕與中止

楊凱麟 

黃以曦 

一、大寫的書

以曦，多年來，在我視線的角落裡常常乜斜地掠過一道精光，像是躲藏在眼球暗面的一枚衛星，在它漂浮的幽黯軌道上，隱隱地以重力擾動我正翻讀著的書。我知道那是什麼，是另一本書，連繫著生命所賜予的巨大書寫能量，穿透百年的時空在我腦海極深處晃晃悠悠地持續飛行。前一陣子我努力騰出了大段空白，是的，必須奢侈地將生活暫時擱置，很珍惜與抱歉地，像是與戀人的難得獨處，終於重讀了這本書。我不知該怎麼描述那段日子裡的心旌搖晃，彷彿又回到耽讀舊俄小說的年少歲月，整個靈魂浸入翻騰的黃金汁液裡光燦燦的，痴醉神迷。

這本**大寫的書**（借用馬拉美的優美隱喻），是《追憶似水年華》。

這本厚達兩千頁的書沒能讓普魯斯特所信仰的作品真正誕生。它宣告了作品將臨與永遠缺席。

普魯斯特這個人本來是，嗯，夜店咖或派對咖，在流傳下來的幾張黑白照片裡裝模作樣讓人討厭。三十八歲時，他把自己關進鬧區的公寓裡，隔音棉層層封印了門窗牆板，白日睡覺，夜晚寫作。

著名而神祕的生命轉折，一直到氣血衰頹，擱筆而亡。

班雅明說，夜裡寫作不是為了回憶白日，而是為了潛入遺忘的黑甜夢鄉。

整整十五年斷絕了真實生活，只因為投入了寫作。似乎總是必須與真實經驗斷開，才啟動了「**文學時刻**」。寫作不是回憶，而是懸宕與中止。在作品誕生之前，普魯斯特似乎便已經先「**自我作品化**」。割開經驗，戲劇性地投入經驗的空無中，「**作品**」如同差異的看點或聽點般創造出來。

p.s. 自從電信局不再每年發送厚如磚塊的電話簿後，關於大書，似乎連隱喻也終於死了。

普魯斯特的房間如同是「**做作品**」的結界，一個無門無窗的密室，文學的萊布尼茲單子（註一）。在這裡，「**生命再摺曲於自身**」，不再追隨外部，不再是外在經歷的再現，而是文學，只是文學。

不過，真正的作品或許還是沒來，永遠還未來。主角歷經滄桑後宣稱，「該投入於這部作品了」，小說旋即結束，「應該出現」的作品最終並未出現，主角應該動筆仍然還未動筆。作品不可見地開始於小說最後一個字之後，在《追憶似水年華》這本小說的最後一頁空白處隱藏與摺疊了另一本應該在而尚未在、應該寫而尚未寫的小說，虛構中的虛構，在虛構中又有虛構的倍增與加碼。無論如何，這部雙重虛構的作品必須繞經整部《追憶似水年華》才能抵達入口，它只是虛擬的作品，通關密語長達兩千頁，不老實唸完完整密語是看不見的。唸出密語的獎賞，是獲得一部在虛構中的虛構作品。

純粹狀態下的文學經驗。

在法國國家圖書館清亮的展間裡，普魯斯特暈黃的手稿被攤平開來，像是從一頭巨獸身上小心翼翼剝下來的珍貴皮毛，一頁草稿便舒展成一堵寫上密密麻麻字句的小說牆，塗抹增補刪修畫一條線接到另一頁再打╳然後貼一長紙卷摺攏進來……。在一小葉紙片上有一段潦草的手寫字，在八十年後化成一行鉛字，打印在我翻讀的書裡。像是在密不見光的雨林中，漫天飛舞的字句與紙頁剎那間收攏摺疊成書，所有人物與故事由這一小紙片上魚貫走出，布景飛旋，燈光啪啪亮起，音樂如泉水流瀉而出。

在那一瞬間，彷彿亦有著一道電流從枯黃的紙上閃擊而出，穿過重重玻璃觸及我的身體。

我想表達給妳的，是這樣關於寫作的**襲擊**。

凱麟，是否可能並不真存在一種寫作，不是生命之再摺曲於自身？是否與其說《追憶似水年華》吻合這份寫作的本質，不如說普魯斯特以如此之故事及其態勢，強調了這份其實屬於一切寫作的本質？

是否在《追憶似水年華》作為大寫的書之餘，它提醒了每部寫作之原都朝向一部大寫的書，而只是它們之中的許多，停在中途？為什麼要走下去，以至於得以抵達？又為什麼要，停下來？

普魯斯特最基進的動作，或許是那個確實走進一個房間，將之封死，造一個如你說的無門無窗的萊布尼茲單子處在。當這通常只是一種意象、一個隱喻，在普魯斯特，卻是一筆事實。儘管那動作更為決絕，因而更為有效，但在這之外，我仍在思考，是否任何「開始寫」的動作，一概是將寫作者釘進四面牆底？或說，我們是否真可能在「開始寫」後，不是在一幢就算是隱喻、可依然每分秒都在編織得更密實絕望的密室底？

絕望。一部大寫的書是否得從絕望底長出？第一張紙頁，第一個字，在此一時刻，我們就著所在的現實，勾勒一落邊界，廓線正展開，很快會隔開彼邊的流動。這裡頭，無路可回，無路可出，我們只能起一個獨立世界。

曾有過的希望，不再騷動，不再窸窣作響。燈都暗了下來。因為無法是想要的世界，所以自己做一個。或者，因為開始做了，就只好從「世界」退出，或被退出。兩種因果，無法分辨。但總之，寫作者並不擁有平行時空，我們只有這一個。

這是因為一具身體無法活在兩個地方嗎？我們終只能在某單一一個地方，睡去或醒來嗎？這是個重要的原因，但還有更困難的部分。密室裡，紙頁上，正轉動起來的活著，和原本生活是不同邏輯的，兩者中的「**我**」的處境，無論痛苦快樂如何相似，它們到底不同。

在現實裡，我們有所承受，被撩撥、被撼動，一旦感觸生成，就無法回到未獲得。像打在身上的雨，無法追問更多，它們是現成的，它們已然是那樣了。畢竟在現實裡，唯感觸的生成，才讓自我的世界裡被注入那個東西；而既然成立，它就是固定型態，因為它就是以該型態和「我」有了連結。

但在虛構底，事情以別種樣子進行。那首先是些飄渺的什麼，它們似乎從空無浮現，又似乎連著具體事件，若追溯地想去抓，它們將縮小、變得乾癟。是以，我們轉往另一方向。寫作者發動，新造的地平線升起全幅圖景，感覺從這裡開始、感覺就在這裡。無所謂回溯，無所謂原初。順著直覺、或靈感、或什麼，發動與建構有了微調，或跳躍，新的海與天，然後是新的圖景。

感覺，或者有了位移，或者在無法分辨的面貌中隱約地差異，但無論如何，它們敞著、漶動著。

我以為那就是一個被虛構出的世界，一部大寫的書，在那裡，最結實的事物仍搖曳著，鑲嵌精密的情節隨時可被取代以另一張網。一本大寫的書，訴說著可被無數進入與退出、邊界無定的現場。

絕望。

一部大寫的書是否得從絕望底長出？

二、將開始寫作的「明天」

以曦，我們提到了《追憶似水年華》裡「**將臨**」與「**缺席**」的作品，請容許我談談這樣的寫作。

在小說裡，男主角一直下不了決心寫作，甚至認為放棄了社交生活，希望因此能在第二天開工的「了不起的工作」根本不適合他，又或者，這個終於可以開始的「**第二天**」(lendemain)，啟動著「寫作」的那個戲劇化時刻，開始的真正開始，書寫的零度時刻，從來不會真的降臨。因為不管費盡心思用什麼辦法，明天都仍然是相同的一天，很可惜地卻從不是作品啟動的那一天。

不同於社交生活的作品時間一直未曾降臨。差異一直沒來，因此作品總是無法啟動，作品的時間並不等同於經驗的時間。因此，隨之而來啟動寫作的起點，並不是什麼了不起的內容或遭遇，亦不是降臨了與眾不同的故事靈感。作品的真正核心並不是故事，無法做作品也不是因為沒故事或經驗匱乏，而是找不到作品的開始。開始不存在於今天，不在我所生活其中、與我同質的實際現實，而是另類於現實之物。

如果《追憶似水年華》是關於**時間**的文學作品，那麼在這部小說中真正的戲劇角色正是「**作品的時間**」。對時間所產生的洞見，使得主角終於擺脫時間的慣性與因果連結，現在不再是過去所發生事情的簡單結果，過去也不只是現在所回憶的已知事實，必須在時間之外重新創造過去與現在的關係，一種「**反時間**」的連結，在時間之外的時間關係使作品啟動在時間的特異連結上。這個「作品時間」不是由記憶所給予，不是知性產生的因果連結，也不是對當下時空的主觀感受或感情，而是每次都必須繞經某一過去的「**永遠重新開始的創造**」。

必須經由繞道、回返與曲折創造時間的褶曲，成為作品的入口，這就是《追憶似水年華》書名直譯：對已逝時間的尋找。既不是作者本人的生命經驗，也不是單純的故事憶往，而是拗摺出時間之外的時間關係，催生差異，最終使事物展現了不在時間中的本質，擺脫時間的經驗秩序，重新取得生命的活力，時間因此被重新尋獲且永遠鮮活。

作品的時間並不內在於經驗時間之中。它不是任何已經經驗的過去（回憶）、現在（感覺）或未來（想像），也不是對這三者的解釋或認識，而是「**超時間**」與在時間域外的時間關係，一種時間的拓樸學（註二）或時間政治。這並不是對過去或現在的深化，不是努力回想，也不是活在當下感受當下，更不是對未來的想像，而是相反的，必須動員所有能力「**逃脫現在**」與繞經過去。

現在我們知道，寫作的這個普魯斯特起點，在小說中啟動「奇蹟類比」的物件，時間的破口與圍牆坍塌，來自文學史上最著名的一小塊甜點，馬德蓮蛋糕。

小說涉及過去（已逝的時間）與現在（實際的時間）最深刻的碰撞與摺疊，既非過去也非現在，更不只是由其中之一前往另一，既不是現在對過去的回憶，也不是由過去因果推論到現在，而是兩者在時間秩序之外的「非常態」疊合。時間脫軌了，因此誕生了獨特的「**外時間**」或「**超時間**」，現在與過去因為某一物件所激起的強烈感情而重疊，既逃離現在的感覺也非關過去的記憶，在經驗時間中卻破壞經驗時間，而且最終解放出純粹的時間，成為只能由作品所表達的「**一點純粹狀態下的時間**」。

這是對時間的多重操作，作品由這個操作所啟動，而且寫作最終似乎就是這個操作本身。

凱麟，你以《追憶似水年華》指出寫作者所處在的時間域外，以及由一項既不在裡邊亦非外頭的物件或事件所啟動的普魯斯特式起點。我則想談談這個「時間點」所撐開的空間感，而此一空間又是怎樣挖鑿地深化時間本身。

我似乎覺得自己已經沒有力氣把拉得那麼遠的過去繼續久久地連結在自己身上，如果這份力氣還讓我有足夠多的時間完成我的作品，那麼，至少我誤不了在作品中首先要描繪那些人，寫出他們占有那麼巨大的地盤，相比之下在空間中為他們保留的位置是那麼狹隘，相反，他們卻有一個無限度延續的位置，因為它們像潛入似水年華中的巨人，同時觸及間隔甚遠的幾個時代，時代與時代之間安置了那麼多的日子——在時間之中。（最末頁）

什麼是「**無限度延續的位置**」呢？我想像小說主角之於他的「就是今天」或「就在明天」，恰恰處於他所描述的他的人物那個敞開而無度、持續漂移開來、甚至後退，的所在。

比起小說中的「我」的宣稱，關於真正的啟動之日之不斷被推遠，我以為更透露由一幕幕超載的現場。事物飽漲，幾乎溢出，它們都在等待，一個手勢、一套更高的秩序，將之托住，攏出正式弧線，被放在裡面、一個世界的裡面。每張畫面顫顫危危，似乎講著全部，卻終究揣著最後一句話。因為命中注定的時刻還缺席、或遲到了，但也就只能等下去。換句話說，那個被懸置的另外的啟動時刻，亦提示由場景的焦躁不安，那裡什麼都有，卻又缺乏某個實質的、令人安心的東西。

論者多以為《追憶似水年華》充分展現普魯斯特之作為一個敏感纖細的人，但我以為這部小說中種種近乎迷惑與恐慌的極細書寫，非關現實中作家模樣的推導，而是展現了該試圖開始寫、正式寫、寫下全然正確且必須被保護，的什麼，的「我」，其之在巨量事物底摸索出路、兜出輪廓；甚者，這些或者亦可作為他的障眼法與拖延，緩解著某種踟躕——如果日子已然動了起來，誰能說這還沒開始？

然而，事物疊出稜線，便是一處空間。空間擴張，延展成方向。這與「我」的關係是什麼？那個某個世界，將通過我、越過我，獲得它的完整嗎？我的意志該在何處介入，或該斷然指定一處零度？

《追憶似水年華》中被無限推遲的明天，或今天，那個「**時間之外**」，或說時間的邊上，原來標誌著寫作者棲居的臨界。那裡有如此之反悖：空間是無度的深淵，納入、羅列、召喚，以及更多更多。然而，還沒有屬於它們的時間，一切都尷尬擠著，似乎展開的故事，俱成幻覺。包括寫作者自身的生命展延。

我們就著所在的現實，勾勒一落邊界。
在裡頭，無路可回，無路可出，
我們只能起一個獨立世界。

三、推爆生命的滋味

以曦，妳一定吃過馬德蓮，那麼該怎麼描述它的滋味呢？

黃澄澄的一小顆貝殼狀蛋糕，浸潤著奶油光澤的亮麗寶石。妳的視線會撫觸著它美妙的曲線，隨著它起伏跌宕。小心地捏碎一小角泡進溫熱的椴花茶水，以小銀匙舀進嘴裡，感受它們碰觸到上顎的軟糯噴香。

是這樣的普魯斯特時刻哪！

然而，小說並未多談馬德蓮的滋味，因為在光影閃爍的這個魔幻時刻裡，滋味其實並不真的那麼要緊。馬德蓮敲開的毋寧是每個人心底深埋與早已遺忘的私密記憶，一個羅蘭．巴特的「刺點」(註三)，封印著最鮮活過去時光的「密封瓶子」與「時間膠囊」。它並不儲存於時間之中，因此不隨時間逝去消亡卻也不任由回憶召喚。苦思冥想是不能觸及這個瓶子的，必須另覓他法。方法一，普魯斯特答道，找到使現在與過去在時間之外產生時間重疊的事物，以便再度將時間之外的時間摺入現在。

馬德蓮便是這樣的，「**逃脫時間的存在碎片**」。

一切已逝者都已經永遠死去了，如何能脫離時間秩序的行列？正是在這個困難的所在，埋藏著寫作的祕密。

馬德蓮的滋味其實毫不足奇，只是生活中再普通不過的糕點，平凡、不起眼卻引發主角的強烈歡愉，「**享有生命的整整一個瞬間**」。關鍵在於被誘發與炸開瞬間所湧入的生命強度，由這個爆炸性的觸及點開始往外擴散，像是在平庸的生活船艙中鑿開一個破口，真實的生命如風暴般灌注進來，由一個瞬間逆推出整個鮮活的現實，作品的起點。

使得已逝的時刻「**在我之中被喚醒**」，重新甦活，取得生命，而不是模糊的回憶或回憶的重組。普魯斯特說「制式回憶」與寫作毫無關係，「**追尋已逝的時間**」不是回憶已逝去的經歷，因為回憶總是褪色與靜態的，生命在回憶中只會被削弱與沖淡。馬德蓮喚醒的是封印在過去時刻中的生命強度，使得過去就如同此時此刻鮮活，展現著生命本身的質地。

馬德蓮所牽動的並不是智性的判斷，因為從智性的角度來看它毫無價值。它觸動的是最深沉生命的感受，這個感受被整個現實包圍，承載著週遭事物所映射的多重光影，由事物本身層層往外擴散暈染，構成色彩斑斕的真正世界，小說的世界。

說起來，馬德蓮只是生命中無窮事物的任意一個，完全偶然、像「擲骰子」碰運氣但碰上了保證刺痛、激爽或湧起至福感受。這並不是喜不喜歡的問題，而是一種愛情。如同巴特所言，「**針刺、小孔、小污點、小裂口（……）就是這個刺我（但也謀殺我、刺殺我）的偶然**。」某個「**遠比我還大之物**」，生命的純粹裂口與脫軌，匯聚了一切重量與強度，無人稱與不可指定。必須與這個偶然相遇，一切才能啟動。

然而，馬德蓮「喚醒了這個真理但卻不認識它」，被啟動的作品「無窮地超越了它」，因為作品刻畫的並不是生活中的任何事實或物件，它是「**不合時宜**」(inactuel)之物。

馬德蓮，是這麼樣的文學況味啊……

凱麟，關於普魯斯特的馬德蓮，我想到了卡爾維諾的〈在你說「喂」之前〉，主角在電話彼端第一句招呼或回應響起之前，思維奔流地窮盡了他與接電話對象之間一切可能和不可能。瞬間燒成整幅局面。當在普魯斯特那裡，是為某物、某個「有」，所點燃，在卡爾維諾那裡，則是為某個「還沒有」、某個「無」所啟動。

但無論是有，或無，到底一樣，即是個極微的點、甚至是個懸浮的託稱，所可以展延的無限。一個瞬間可召喚或催生的整個世界，又也是，每瞬間都飽藏層層疊疊的曾或不曾或無曾訴說的記憶——那不是敘事的記憶，而是身體被烙上的印記。而原來生命的沉積是在這裡，那麼地保留了原初滋味，自成邊界地凝縮，它們或者永遠封凍，或者只要一揭開，就這麼性感淌流。

不同於「爆發」這字詞的單點焰燒的意象，《追憶似水年華》的馬德蓮給我最深印象，在於它提示了延後、懸止的**麥高芬**（註四）氣息。正因事情不可能就是、就停在、一顆家常點心，當一個氣味口感襲上，遂逐一打開每扇門窗，繁華花園航至，那麼樣地在所有綻放、芬芳、乃至凋謝和腐爛的深處，還醞著如何更大更完整的，屬於這個人的祕密。一個被馬德蓮撬開的重重深鎖。

不沾點椴花茶，小貝殼蛋糕還會掀起這幅幻變嗎？真是馬德蓮的口感、香氣或滋味嗎，還是整套行禮如儀曾封印的時代、世代、生命場景？

這就是「**臨界**」的威力嗎？你以為越過它，事情就獲質變，卻未料在正式質變、達新一平衡前，所有感觸首先要爭取某確定面貌、爭取著從某元素、橋段、到作為核心去敘寫主軸情節。馬德蓮帶來的並非主角的「想到（什麼）」，甚至不是「開始回想」，而是他跌進一處臨界，陷入，那裡沒有等待被跋涉抵達的遠方，其實是一個時刻之被撐大、被不斷撐得更大。乘著懷舊氣氛的描寫前來的，是最新鮮的事項。

關於一本不斷在寫、不斷寫出來、變出來的書，
我們需要永恆。

四、詩及其所創造的

以曦，最後我想談談時間，也許是寫作所欲牽引、摺曲、曲扭與炸裂的最重要元素。《追憶似水年華》頭尾的兩個句子都涉及了時間，從「**很長時間以來**」到「**在時間中**」，相隔著二千頁的燦爛文學光景。彷彿咒語一般，兩千五百位角色，橫跨四十載歲月的龐大故事場景被封印在這個巨大的水晶球中。

這麼多人物的生活在時間裡持續進行，但這並不是小說中唯一的時間，因為精神被激活在另一種時間中，並從事著與日常時間（社交、政治、旅行、聽音樂、看展覽……）不同的運動。精神所追逐的普遍本質並不在生活的時間之中，而在時間之外，這亦說明了馬歇爾遲遲無法決心寫作的一個原因。與作品不可分離的精神只在另類於生活的時間裡間歇出現，大部份時光則沉睡不醒，如同黯淡的寶石。這是何以普魯斯特自己專注於創作後，遠離了他喜愛的社交生活，抹除了世俗生命。

將過去理解為「曾經在的某事」、「曾經是的現在」或「已逝的現在」都是由經驗所設想的時間，在這樣的時間概念裡，一切都不會留存下來，因為過去只是曾經在而現在已經不在、不再在與不再是之物，在這樣的時間裡只有現在「正在存在」，但也不斷走向不存在，而過去只是曾經存在但已不（再）存在的現在。相對於這種「失去與空洞的」經驗時間，《追憶似水年華》裡的時間在每一瞬間都自我切分，每一時刻都共存著（不斷逝去的）現在與（自我保存的）過去。

每一瞬間，時間都逝去也都自我保存，都同時有能量已實現與耗盡的現在，有著各種實際的事物狀態與事件，充滿顏色、氣味、溫度、愛恨與悲喜的變化，但同時也虛擬地共存著潛能尚未實現的另一現實，這是未因能量的耗盡而褪色、消光與黯澹且仍儲存著未來各種變化的虛擬現實。在這個虛擬現實裡，生命仍飽含能量，生活仍未折損與崩潰，小孩仍然還是小孩，顏色、氣味、溫度都以最鮮活的能量保存著並等待被實現與產生無窮變化。

因為寫作，過去不再僅是由現在再現、黯澹死滅的回憶。因為寫作，時間不再只是不斷逝去的現在，不再只是浪擲在愛情、社交、旅行、疏懶與軟弱的空洞生活，而是可以重新甦活與飽含生機的「**重獲的時間**」。

凱麟，於我，《追憶似水年華》像幢龐然的豪華宅邸，在那裡頭，小說宣稱的歷時四十年、兩千五百位角色以延展、隱喻、對倒、反諷等各種配對而成的無數房間。每個房間鄰著另些房間，只要找到對的牆，畫一扇門，旋開，就到彼邊。房間與房間，與房間，連通成更大的房間。穿梭著，偶然靈感，電光石火開了竅。跨過，又是再一個新的房間。

房間裡有場景，有戲，可那並不重要，重要的是這巨量的故事段落、或故事本身，在這既是中國套盒又是鏡廊、可終究被裹在一處終極密閉底，永遠地上演著。

這些門是不能往回開的。這並非意味著通往消亡的單向歲月之箭，而只是，在一個生命（即是寫作的普魯斯特，即是閱讀的你我）底的一切累積，都是無論或淺或深地沾染上了，就要暈開、要深邃地潛入繁錯的纖維，無法回頭。我們只能在離開一個房間時謹慎點，在進入一個房間時，更警覺地記得穿越的瞬間。可即使是最散漫的讀者，仍總是擁有整幢或許過度豐盛的處境。

除了門，每個房間的牆上有窗，框上鑲著玻璃；不必進入，就從各種視角窺見另個房間發生的事。這窗，亦是不可回逆。彼邊的人們無法從窗反過來看見你。可只是，無論身在哪裡，我們也感覺到來自許許多多別處所射來的凝視。漸漸地，當就著窗子深深地看，那個通透，竟幻覺那原來是張鏡子。我們朝哪裡看出去，那裡就是這裡。一個沒有大門也沒有後門的房子，沒有大廳也沒有走廊，那裡沒有任何提示也無法喘息。我們總是得在這或那個場景裡。就算是往外窺視，就算是頹然坐著任隨從哪裡投來的視線給包裹。我們或許入戲了其中一個角色，但許多時候，他們一個接一個穿過我們，直到我們終於理解這是鬼魂的聚會。

這就是寫作者的永恆吧？

如同你說的「雙芯」，其實從不是等價的雙股，而只是一虛一實地，在那些宣稱追憶的穿行中，每時刻持續切分、無限增生，四十年軌跡成為一道寄放或錨定的虛線，就像於我而言的那個氣派、站得好好的大房子。而一旦啟開書頁，一旦被移入屋內，就只有一種時間，即是永恆。不是寂靜或無限回歸的那種，而是一個人生命底蘊之漩出更多支流，沖刷起新的灣岸，一切都暴漲著直到終有新的海洋做出新的容納。

寫作，那些無盡的渴望、凝視、轉換與創作，讓時間內部長出新的時間。是以，我們或許用八十年去經歷人生旅程，等長的歲月，卻可能讀不完一本書。關於一本不斷在寫、不斷寫出來、變出來的書，我們需要永恆。

（短版發表於《幼獅文藝》七七三期，二〇一八年五月）

註釋

註一——萊布尼茲「單子」(monad)：指單純(單一、獨一無二)的、各自分開的、不能化約的「單位」。是組成所有經驗事物的實體，是自然界的真實「原子」，也是事物的元素。萊布尼茲的單子論點還包括：單子的產生只能依靠上帝創造；具自發性；(實體)數目眾多；有不同程度的精神活動；獨立的每一單子都具欲望，只會按照一己欲望和設計行事。

註二——拓樸學(topology)：或意譯為位相幾何學，是數學裡一門研究拓撲空間的學科，主要研究空間內，在連續變化(如拉伸或彎曲，但不包括撕開或黏合)下維持不變的性質。在拓撲學裡，重要的拓撲性質包括連通性與緊緻性。

註三——巴特在《明室．攝影札記》提出，作為觀看影像的方式，不同於由影像客觀提供資訊的「知面」，「刺點」指影像中「某些東西」刺激到觀者留意那張相片——但就算看同一張相片，觸動(被「刺」)之處都會因人而而異。

註四——麥高芬(MacGuffin)：電影用語。指在電影中對眾角色很重要，可以推展劇情的物件、人物、或目標，且未必需要詳細說明。

譯名對照

追憶似水年華 *À la recherche du temps perdu*(小說)

馬拉美 Stéphane Mallarmé(法國詩人、評論家)

萊布尼茲 Gottfried Leibniz(德國哲學家、數學家)

羅蘭．巴特 Roland Barthes(法國符號學家、評論家)

延伸閱讀

馬塞爾．普魯斯特(Marcel Proust)，《追憶似水年華》，李恒基、周克希等譯，台北：聯經，二〇一五年。

伊塔羅．卡爾維諾(Italo Calvino)，《在你說「喂」之前》，倪安宇譯，台北：時報，二〇〇一年。

對寫的不可能

楊凱麟

對寫，其實是對寫的不可能。在不可能對／寫的對／寫中，我們無比寬容，靈魂輕輕顫抖。

書寫往往意味一場珍重的逃逸，朝外部與未知的奮力一躍。因此在對寫時，我們眼角瞄著身旁的朋友，心裡暗暗感激。然後流星曳空，在尚不可見的軌道上火花如流蘇噴洩，激光閃爆而後黯然。

那確切是在二人之間「對存有的溫暖共感」，儘管寫著寫著我們終究將再失去彼此的聲息，慌亂哭泣於魆黑的宇宙深處。這不是對寫的初衷，然而對於書寫，又有誰能不一再孤身陷落於迷宮的核心？

離去其實只不過為了再進入，逃逸則是更頑強的抵抗。二人對寫，一切都即刻的倍增與加乘，這原是雙人合組的地獄機器，撒旦的探戈。

這些我們都明白的。正因為明白，悲傷，與繼續相信，我們終於開始了我們的對寫……

楊凱麟

巴黎第八大學哲學場域與轉型研究所博士，台北藝術大學藝術跨領域研究所教授。研究當代法國哲學、美學與文學評論。著有《分裂分析德勒茲：先驗經驗論與建構主義》、《書寫與影像：法國思想，在地實踐》、《分裂分析福柯：越界、褶曲與佈置》、《虛構集：哲學工作筆記》、《祖父的六抽小櫃》、《發光的房間》，譯有《德勒茲論傅柯》、《消失的美學》、《德勒茲：存在的喧囂》、《傅柯考》（合譯）等。近年並策畫邀集多位小說家進行「字母會A～Z」創作出版實驗計畫。

黃以曦

作家，影評人。著有《謎樣場景：自我戲劇的迷宮》、《離席：為什麼看電影》。